Este libro pertenece a:

This book belongs to:

Un amigo para Lucero

A Friend for Flash

BRIMAX

Lucero se siente solo. Él se siente solo porque es el único caballo en la granja con el granero amarillo.

"Este lugar es bueno para esas vacas," suspiró Lucero "Hay muchas otras vacas en el campo. Todas pueden hacer muuu y jugar juntas todo el día."

Flash feels lonely. He feels lonely because he is the only horse on Yellow Barn Farm.

"It is alright for those cows," he sighs. "There are lots of other cows in the field. They can all moo and play together all day long."

Lucero va al próximo campo.

"Este lugar es bueno para esas ovejas," suspiró Lucero. "Hay muchas otras ovejas en el campo. Ellas pueden hacer meeee y jugar juntas todo el día. Pero yo soy el único caballo aquí."

Flash wanders over to the next field.

"It is alright for those sheep," sighs Flash. "There are lots of other sheep in the field. They can baa and play together all day long. But I am the only horse."

Lucero va al corral.

"Este lugar es bueno para esos gansos," suspiró Lucero "Hay muchos otros gansos en el corral. Ellos pueden hacer cuak, cuak y jugar juntos todo el día. Pero yo estoy solo, soy el único caballo."

Flash wanders over to the farmyard.

"It is alright for those geese," sighs Flash. "There are lots of other geese in the farmyard. They can honk and play games all day long. But I am a lonely, only horse."

Lucero regresa a su campo. Él piensa en lo afortunados que son los otros animales de la granja con el granero amarillo.

"Hay un montón de cerdos gruñendo juntos, un montón de gallinas cacareando juntas y un montón de patos haciendo cuak, cuak. Pero yo soy el único caballo aquí."

Flash wanders back to his field. He thinks of all the other lucky animals on Yellow Barn Farm.

"There are lots of pigs to grunt together, lots of hens to cluck together, and lots of ducks to quack together. But there is only one of me!"

Las lágrimas comienzan a caer de los ojos de Lucero.

Ben, el sabio y amable espantapájaros se asoma por la cerca y ve a Lucero llorando.

"Tú no eres el único que está solo," le dice Ben. "Yo soy el único espantapájaros aquí."

"¡Es verdad!," dice Lucero secándose las lágrimas.

Tears start to fall from Flash's eyes.

Ben, the wise, kind scarecrow, sees Flash crying and peeps over the hedge.

"You're not the only one who is a lonely one," says Ben. "I am the only scarecrow."

"True," says Flash, shaking his tears away.

"¡Alégrate!," le dice Ben a Lucero. "Nadie necesita estar solo en la granja con el granero amarillo.

"¿De verdad?," pregunta Lucero.

"¡Sí!," le dice Ben. "Tú puedes ser amigo de todos los animales. Tú puedes jugar con las vacas y con las ovejas, con los gansos y con los cerditos, con las gallinas y con los patos, y con todos los otros animales."

"Cheer up," says Ben. "No-one needs to be lonely on Yellow Barn Farm."

"Really?" asks Flash.

"Of course!" says Ben. "You can be friends with all of the animals. You can play with the cows and the sheep, the geese and the pigs, the hens and the ducks, and all the other animals on the farm."

"Y lo mejor de todo," dice Ben. "¡Tú puedes jugar conmigo! Yo tengo una pierna hecha con un palo de escoba y sólo puedo cojear, por eso tú me puedes llevar a todos los lugares."

Lucero mira la pierna de palo de Ben y después mira sus cuatro rápidas piernas.

Lucero se da cuenta que tiene mucha suerte.

"And best of all," says Ben, "you can play with me! I have a broomstick leg and I can only hop about slowly, so you can give me rides."

Flash looks at Ben's one, wooden leg, and then looks at his own four, fast legs.

Flash knows just how lucky he is.

"¿Te gustaría ir a dar un paseo ahora mismo?," le pregunta Lucero a Ben.

"¡Oh, sí por favor!," dice Ben montándose en las espaldas de Lucero.

Ahora los dos son buenos amigos. Lucero lleva a Ben de paseo todos los días y visitan a sus nuevos amigos de la granja con el granero amarillo.

Ahora Lucero nunca está solo.

"Would you like a ride now?" asks Flash.

"Ooh, yes please," says Ben, and on he hops.

Now the two of them are great friends. Flash gives Ben rides every day as they visit all their new friends on Yellow Barn Farm.

Flash is never lonely now.

Aquí tienes unas palabras del cuento. ¿Las puedes leer?

el caballo	la granja	las lágrimas
el campo	las ovejas	la hacienda
los gansos	los cerdos	las gallinas
los patos	las vacas	el espantapájaros

Here are some words in the story. Can you read them?

horse	farm	tears
field	sheep	farmyard
geese	pigs	hens
ducks	cows	scarecrow

¿Cuánto puedes recordar de la historia?

¿Qué tipo de animal es Lucero?

¿Por qué se siente solo Lucero?

¿Qué pueden hacer las vacas todo el día?

¿Qué pueden hacer las ovejas todo el día?

¿Qué pueden hacer los gansos todo el día?

¿Quién viene a hablar con Lucero?

¿Quién es el mejor amigo de Ben al final
de la historia?

How much of the story can you remember?

What sort of animal is Flash?

Why is Flash lonely?

What can the cows do all day long?

What can the sheep do all day long?

What can the geese do all day long?

Who peeps over the hedge to talk to Flash?

Who is Ben great friends with at the end
of the story?

Ayuda a Lucero a encontrar la ruta correcta para llevar a Ben de paseo.
Help Flash to find a route so that he can give Ben a ride.